KB269201

그리움은 홀로 빛나는 미등

그리움은 홀로 빛나는 미등

시와소금 시인선 184

그리움은 홀로 빛나는 미등

ⓒ김채영, 2025. printed in Seoul, Korea

초판 1쇄 인쇄 2025년 10월 20일
초판 1쇄 발행 2025년 10월 25일

지은이 김채영
펴낸이 임세한
펴낸곳 시와소금
디자인 유재미 정지은

출판등록 2014년 1월 28일 제424호
발행처 강원 춘천시 충혼길20번길 4, 1층 (우 24436)
편집·인쇄 주식회사 정문프린팅
전화 (033)251-1195 / 휴대폰 010-5211-1195
전자주소 sisogum@hanmail.net
ISBN 979-11-6325-100-2 03810

값 12,000원

시와소금 시인선 · 184

그리움은 홀로 빛나는 미등

김채영 시집

시와소금

| 시인의 말 |

태백의 산과 바람 흙 속에 묻힌 광부들의 숨결
손등 위에 새겨진 세월과 가족의 기억
그리고 그리움과 사랑의 흔적들이
제 삶을 흔들며 시가 되었습니다.
때로는 눈 대신 바람이 내리던 겨울
때로는 꽃이 지듯 꺼져가는 불빛에서
더 많은 이야기를 발견하곤 했습니다.
삶은 언제나 밝은 날만 있는 것이 아니라
흙 속에서 별이 피어나듯
어둠 속에서야 드러나는 빛이 있다는 것을
시를 통해 배웠습니다.
젊은 날에는 피어남이 기쁨이었다면
이제는 스러짐조차 삶의 한 모습임을 깨닫습니다.
시는 그 모든 과정을 증언하는 일이며
동시에 누군가에게 건네는 작은 위로입니다.
이 시집에는 자연과 사랑 가족과 역사
네 개의 결이 교차하며 흐르고 있습니다.
그것은 제 삶의 기록이자 태백이 품은 시대의 흔적입니다.
독자 여러분의 하루에도
이 시들이 작은 숨결로 스며들어
빛나는 미등처럼 길 밝혀주기를 바랍니다.

2025년 9월 김채영

| 차례 |

| 시인의 말 |

제1부 그리움의 始原, 그 푸른 시작

제2부 홀로 빛나는 미등, 내 안의 심연

그리움의 始原,
그 푸른 시작

경계에는 봄이 온다

눈 속에 몸을 숨기고
야금야금
봄의 경계를
넘고 있는
하얀 새앙쥐

월영교의 밤

달빛이 다리를 건너오자
물결 속에 잠긴 벚나무
은빛 비늘을 떨었다

스쳐 간 계절의 흔적은
달빛 아래 숨결 따라 흔들리며

남은 시간을 비추는 등불처럼
스러졌다 다시 번져
다리 밑 어둠 속에
어린 불꽃을 찍어두었다

난간에 기대어
떠난 사람의 이름을 풀어놓자
저편 허공에서 일어선 기척
물무늬 하나가
물살 속에 스며들었다

수면은 조용히 갈라져
어린 물고기의 검은 등을
밤하늘 쪽으로 들어 올렸고

불빛 아래 쏟아진
깨진 유리 꽃잎은
물결 사이로 비명처럼 흩어졌다

어스름 물안개는
다리 아래를 따라, 천천히 피어올라
옅은 기운이 발목을 감싸며
몸속 온기를 거꾸로 뒤집었다

나는 흔들리는 물빛에
손끝을 적셨다가
파문 속으로
그 손을 다시 밀어 넣었다

저무는 입술로
봄을 불러본다

귀 기울이면
달빛 아래
아직 사라지지 않은, 그 이름이
물결처럼 되돌아온다

하늘에 닿은 돌들, 그 침묵 아래

새벽어둠 걷히는 능선
은빛 이슬 머금은
천제단 향해
한 걸음, 또 한 걸음
바람이 길을 열어주는 곳까지

기도처럼 포개진 돌들,
묵언의 세월 품은 채
묵묵히 숨 쉬고 있다

누구의 손인가
먼 옛날, 한 줌의 소망
여기 올려두고
슬픔과 기도 남기고 갔을까

아침 해 떠오르면
어제의 바람, 지난날의 그림자도
빛 속에 스며 사라지리니

나는 두 손 모은다
바람이 등 두드리는 시간
조용히 발을 내딛는다

천년의 침묵
내 안에서 다시 흐르도록

시간의 샘, 검룡소

지친 하루를 털고 검룡소로 가자
오래된 바람 잠든 숲길 지나
깊고 푸른 눈眼, 가진 샘으로 가자
저기, 돌 틈에서 솟아오르는
물방울 한 점, 또 한 점
천년의 시간을 뚫고 나와
처음이 되는 곳, 다시 태어나는 곳
손을 담그면 맑은 물이
지나온 날들의 먼지 씻어주고
들숨 쉬면 바람 속에
아득한 옛 노래 번져오네
시간은 멈추지 않고 끝없이 흘러가리
우리의 하루도
우리의 생도
맑은 샘처럼 다시 시작되리

감자 꽃 필 무렵

감자는 처음
땅속에 파묻혔을 때를 떠 올렸지
씨감자를 뚝뚝 잘라
깜깜한 흙 속에 갇혔을 때가 떠올랐지
'딩굴딩굴' 굴러도 보고,
쿵쿵 땅을 두들겨 보기도 했지
땅속은 어둡고 거름 냄새도 많이 났지
살금살금 온몸을 간질이는
봄비가 내린 후,
솜털 같은 것이 온몸에 돋아났지
감자는 알지 못했지
제 몸에서 일어나는 기적을,
하루 이틀, 별빛 가득한 밤을 지나고
연초록 새싹을 불끈 밀어올렸지
그러다,
감자도 꽃을 피워 보고 싶어졌지
별을 닮은 꽃을 피우고 싶었지

어느 햇살, 찬란한 아침
감자는
자주색 꽃을, 하얀 꽃을 피워냈지
감자는 잎맥을 단단히 움켜쥐고
세상에 나갈 날을 기다리고 있지
포슬포슬하고 둥글둥글한 세상을
꿈꾸고 있지

기후의 얼굴

하늘은 오래도록
비를 잊은 얼굴이다

바람은 마른 강바닥을 더듬고
개울 바닥은
목마른 혀처럼 굳어 간다

여름은 끝나지 않은 계절,
끝없이 늘어난 그림자 속에서
사람들은 그늘을 찾아 떠돈다

폭염주의보가 발효된 지
며칠째인지 알 수 없다

몸과 땅과 시간은
모두 타들어 간다
그러나 풀 한 포기, 나무 한 그루의
숨은 꺼지지 않고

흙 속을 더듬으며
다음 물기를 기다린다

이 기다림마저도
언제까지 가능할까,
묻는 목소리가
내 안에서 메아리친다

나는 오늘도
마른 입술을 열어
작은 물 한 모금 같은
詩를 내민다

눈 내린 아침

밤새
사르륵……
내린 눈을 말없이 받아낸
나무들의 어깨가
늘어난 저고리처럼 휘어졌다

흰 새가
푸드득
날아오르자
툭툭……
제 몸을 터는 나무들

길을 덮고
산을 덮고도
말없이 자신을
내려놓고 가는

청빈

시간이 멈춘 마을

살다 지친
어느 하루엔
그대여,
손잡고 철암으로 가자
통리 장에서 삶은 옥수수를 싣고
사철 푸른 동백산을 지나
시간이 멈춘 마을
철암역으로 가자
까치발 집 다리 아래
강물이 흐르고
순돌이 찾는 엄마 목소리
장터에 흩어질 때
하루 두 번
현재를 타고 미래로 떠나는
산골 사람들 탄
기차가 지나면
아득한 과거에 서서
손을 흔들어 주자

한양 다방엔
시들지 않는 장미가 피어있고
간이역 대합실엔
옅은 졸음이
탄가루처럼 쌓여있는
철암역에선
하루가 지나고
이틀이 지나도
또
하루가 생길 것이다
또
한 생이
새로이 시작될 것이다

겨울 속의 봄

언 땅에
깊숙이 잠든 씨앗들은
발아를 꿈꾼다

싹틈을
허락받기 위한
순결한 몸짓

바람의 소리와
비의 속살거림에
조용히 귀 기울이고 있다

太白, 그 큰 순수에 부쳐

밤새 용서가 덮인

새벽 눈길 더듬어

황지로 가야지

낙동까지 떠내려온

온갖 부유들을

청옥산 모랭이에 모두 묻고

거울 같은 투명으로 태백엘 가야지

병든 머릿속 녹슨 심장에서 도려내어

시원始原의 물길로 씻어내야지

살다 보니 더럽혀지고

어쩔 수 없이 상처 주기도 하더라는

변명의 습관마저

옹색하고 구차할 때

태초의 흐름에 오류를 씻어야지

만항 바람에 부끄러운 몸 떨어야지.

가거도 봉구의 가을

물을 떠나온 처녀야
지친 걸음이 가거도에 닿거든
달뜬목 지나 신발을 벗고
맨발로 항리를 찾아가 보렴
후박나무숲을 지나 개족도리 풀밭 위
박 넝쿨로 이엉진 초록 지붕 아래
가을 사슴의 눈빛을
먼 바다에 적시고
시린 하늘 아래 맨발로 잠이 든
그가 봉구다, 봉구가 산다
깨우지 마라
그는 가을을 막 떠나고 있다
눈을 떠도 말하지 말라
말은 부질없는 바람일 뿐

산 그늘 짙어져
황조롱이 울고
감빛 노을이 섬돌에 물들면
바다 쪽으로 문을 낸

파란 방에 깃들라
동백잎이 봉창에
어룽지고
문풍지 파르르
파도에 떠는 그런 날 그런 밤

비가 온다면
그 비를 껴안자
맨발로 맨살로
새벽을 안자
우뚝 선 섬에선
가을을 안자

썰물은 장엄한 여백
파도치던 길 위로
생명이 돋아날 때
맨발로 돌아가라
떠나온 뭍으로

어떤 가을

비
올 듯하여
길을 나섰다
마른 길
걷다가
느닷없는 선물처럼
비를 만나고 싶었다
비 오는 길로 나서는 것은
단풍과 낙엽처럼
닮은 듯 다르다

몸부림치던
갈색 사마귀가
온몸에 거미줄을
친친 감고 떨어지자
파르르
비가 내렸다
비가 쳐 놓은 경계는

조용하고 삼엄하다

공복의 허기를
한 잔의 커피와
맞바꾸고 카페를 나서자
비는 어느새
눈으로 바뀌었다
방금 빛난
가로등 아래에서
호박죽 색깔을 닮은
큰 감잎 하나를 주웠다

빈집으로 돌아와서
꺼칠한 감 이파리 뒤에다
'가을'이라 써놓고
쌀을 씻어 안쳤다

태백에 눈이 내리지 않는다면

태백에 눈이 내리지 않는다면
겨울은 어디에 몸을 누일까,
한강의 첫 물길도
낙동강의 숨결도
눈송이의 기원을 잃은 채
메마른 돌비늘을 더듬을 것이다

풀벌레 울음에 길들여진 유년,
산안개처럼 부풀던 구름을 따라
나는 이곳에서 자라났다
낮달을 벗 삼아
허기진 마음을 달래며
고향의 산허리에
詩의 줄기를 매달아왔다

태백에 눈이 내리지 않는다면,
사람들의 숨결은
깊은 갱도처럼

저 밑바닥을 더듬으며 살아갈까
가늠할 수 없는 하늘을 향해
새벽마다 기도를 올릴까

나는 안다
눈이 오지 않아도
태백은 여전히 산을 품고
사람들은 그 품에 기대어 살 거라는 걸,
눈 대신 흙이 내리고
눈 대신 바람이 불어오더라도
이곳은 내 시심의 텃밭,
언젠가 다시 눈 내리기를 기다리는
영원의 고향이다

맑고 고운 계산*鷄山을 깨우고

맑고 고운 새소리
새벽을 깨우고
높고 푸른 바람이
아침을 열면,
하늘 아래 첫 마을
햇살에 안겨
부푼 가슴 한가득
그리움 핀다
아는가 그대여, 한때 이곳이
검은 보석이 흐르던 땅이었음을

반짝이는 별빛이
담장을 비추고
노랫소리 즐거운
저녁이 오면,
하늘 아래 첫 마을
달빛에 안겨
풍금 소리 정겨운

사랑이 핀다
아는가 그대여, 여기 이곳이
다시 시작될 전설을 품고 있음을

* 태백시 계산동

고구마

고구마 삶는 냄새
푸근하다

서리 내리는
아침 올 때까지
햇살 가두고
속살 달아오르길 기다려
어느 하루
두둑 헐어
울퉁불퉁
두툼해진 고구마 꺼낸다

뜨거운 그것
한입 가득 베어 물면
훅,
달콤한 위로

그래,

눈두덩 붉어진
설익은 삶이
가을볕을 쪼인
고구마의
달콤함 맛본다

제2부

홀로 빛나는 미등,
내 안의 심연

조개를 주우며

작은 손에 닿은
더 작은 조각 하나,
바다보다 깊은 사랑
모래 위에 쌓인다
언젠가 기억 속,
햇살 번지던 오후로 피어나길

그대 잠 곁에

그대 잠 곁에

오도카니 앉았네

세상 모든 밝은 것들로부터 휘장을 치고,

깃털처럼 낮게 평화를 드리운 다음

고요한 침묵이 익숙해질 때까지

곤한 잠에 빠질 때까지 기다리겠네

풀석 거리는 세상 모든 것들에게

입술에 검지를 대고 평화가 깃들 때까지

그대의 잠이, 죽음보다 깊어질 때까지
>

무릎에 얼굴을 묻겠네

세상 어려움 놓지 못하고 시름을 꿈꾸지 않게

달고 깊게 잠들기를 기도하겠네

눈 부신 햇살과 달콤한 바람이 찾아왔을 때

잠결에 새가 와서 울 때까지,

맑음이 깊은 심장으로 스미면 좋겠네

살아있다는 사실이 깨어난 아침이

하루를 시작하는 기쁨으로 채워졌으면 좋겠네

살아있다는 사실이 행복이었으면 좋겠네

노란 동심

새 학기 되면
박스 안에 노란 병아리
"삐약삐약" 소리도 한가득이다

용돈 주는 날
병아리 한 마리씩 사 오는 딸아이,

학교 가야 한다고
깨우러 들어간
이불 속에서
병아리와 나란히 누워
말없이 울고 있다

사랑한다는 것은

바람은
들꽃으로 피어나
흔들린다 할지라도

세상에 태어나
오직 한 사람을
사랑한다는 것은,
그 사람의 하늘까지
온전히 받아들이는 일입니다

푸르게 깊어가는
영롱한 밤을 지새우며,
그 사람의 깊이로
내 마음을 비추고
그 사람의 세상을 함께 품으며

내일을 향해
성큼성큼
나아가겠다는 약속입니다

심연深淵

사무치는 그리움에
하루에도 몇 번씩
흩날리는 봄 향에
몸을 맡기며 떠난다

봄바람이 뺨을 스치면
'잎새에 이는 바람에도 괴로워했다'*는
시인의 심연이 내 안에 메아리친다

사랑은
굽이쳐 흐르는 강물처럼
길고도 쓰라린 여정,

오늘도 나는 길을 떠난다
보고픈 마음에
가슴이 부르트더라도
또다시 신발 끈을 조여 매는
몹쓸 그리움

* 윤동주의 서시 중에서

그림자의 길목에서

지워져 가는 발자국을 따라가다
주인 잃은 자취 앞에
담벼락을 짚듯 멈추어 섭니다

그 여름의 무늬를
더듬어봐도 돌아오지 않는
시간의 숨결뿐입니다

햇살은 번져와도
내 안의 그늘은 더욱 짙어지고,
그렇게 나는
무너진 날들을 껴안으며
다시 책상앞에 앉습니다
허전함조차 詩가 되어
오늘을 건너갑니다

그리움

마른
가지에
스치는 바람

꼬옥
여몄던 마음
기어이 풀무질한다

그대 영혼에
서성이던 마음
어쩌지 못해

해거름
석양에
눈물이 난다

그리움은 홀로 빛나는 미등

노을 타서 마시던 술잔에 이윽고 밤이 그득하다
구름으로는 가릴 수 없는 푸른 달빛
그리움은 은하의 끝에서 홀로 빛나는 미등
그 빛은 어둠 위에 놓인, 사라지지 않는 나의 이정표
내일은 하늘 가장 가까운 고원에서
가장 늦게 사라지는 별을 보리

열아홉 살에

불빛은 밝음이 아니라
슬픔이라는 걸
처음 알게 된 나이는
열아홉 살이었다

도시의 야경이
은하수처럼
흐른다는 걸
알게 된 것도 그때였다

불빛은 찬란하기도 했지만
이방인처럼 낯설고 차가웠다

가슴에도
별이 떨어졌다
눈에 가득 고인 불빛이
흐득흐득 떨어졌다

절망이 강물보다
훨씬 푸르다는 것도
열아홉 살에
처음 알게 되었다

투명의 벽

빗발로 무늬 만들어
토독토독……
그리움 두드리며
번진다

토독톡톡……
그리움은
빗물을 먹고
심장을 깨운다

물결로 흘러
뒤를 돌아볼 수 없는
투명의 벽

수직으로
내리꽂는 비가
곧장 가야 할
사람의 길 가로막는다

그리움을
빗금 긋고 있다

해갈의 기억

등나무 아래였었지
낮아져 간 오후의 새들이
하늘을 날고,
보랏빛 꽃은
검붉은 어둠 사이에 피어있었어
그때 문득,
물을 찾아 사막을 건너는
목마른 그림자가 떠올랐지
초여름 밤이었어
갈증보다 앞선 가뭄,
내 푸른 유전자에 넌
온 입 가득한 해갈이었지
별들의 바람이 눈에 비치고
이름 모를 꽃 내음은
문신처럼 아팠어
넌 늘 목말라 있고
나는 언제나 젖어 있었어
넌 산을 오르고

난 숲에 있었지
넌 새벽을 걷고
난 밤마다 흩어졌었지
사랑은 준비 안 된 가출처럼
설레는 혼란이었어
많은 비가 내리고
우산 없이 걷는 널 볼 때마다
난 감기를 앓곤 했지
넌 날마다 죽고
난 매일 태어났어
그렇게 많은 가을과 봄이 지나
이 등나무엔 비가 내리고

나는 네가 건네준
물빛의 잔을 생각해
투명하고도,
차가운

그해 봄, 우리는

덮인 눈꺼풀을 열고
너는 맑은 세상을 보았지
유리구슬 같은 눈 속에
작은 빛이 떨릴 때
나는 그 빛을 품었지

살아남으려
발끝으로 나를 부르던 작은 발자국
나는 기다릴 줄 아는 사람이 되었지
안는 것보다 먼저 배운
기다림의 시간

그해 봄,
너는 갇힌 투명 속에서 바깥의 빛을 꿈꾸었고
나는 너를 놓아주는 법을
조금씩 배워갔지

햇살 아래,

너와 나는 각자의 그늘을 가졌고
그 거리 속에서도
서로의 온기를 잃지 않았지

언젠가부터 너는
내 뒤를 따르던 걸음에서
먼저 길을 여는 발자국이 되었고
나는
네 눈빛에 머무는 법을 배웠지

그해 봄, 우리는
함께 자라났지
사랑은 때때로
움켜쥐는 것이 아니라
나란히 걷는 것이라는 걸
너는 내게 가르쳐 주었지

사랑, 고이다

나뭇잎을 흔드는
바람결을 다 쌓으면
내 사랑의 두께쯤 될까요
저 깊은 해저에서
잠자는 수초의 뿌리가
내 사랑의 깊이쯤 될까요
세상을 품은
벅찬 가슴의 파문을
다 펼쳐 놓으면
내 사랑의 넓이쯤 될까요
하루의 강물은
세월의 바다로 흘러가고
나의 매일은 두터워지고
깊어지고 넓어져서
하루의 세월에도
사랑은 무량해집니다

편지

가슴 뚫고 터져 나오는
그리움 억누르고
백지 위에

멈출 수 없는 마음
다독여 그대에게
펜 끝을 누른다

가슴 깊은 곳의 울림들
끊이지 않는 절절함이
뛰어다닌다

가슴 저린
편지의 주소는 심장이다
그래서
부칠 수 없다

고마운 당신

무취한 공기 같아서
무미한 물 같아서
스며드는 것조차 몰랐던 사람

큰일 앞의 담담한 나를
강하다 말해준 사람

사소한 눈물 앞에서도
대수롭지 않게
내 곁을 지켜주던 사람

등걸 같은 가슴에
큰 뜻을 품고
말없이 기둥이 되어주는
고마운 당신

제 **3** 부

발자국마다
스며든 시간

손등 위의 세월

주름진 손등을 가만히 쓸어보며
낯선 이의 손금 안에
내가 걸어온 길 펼쳐진다
말보다 깊은 이야기
손끝으로 전해지는 시간의 무게

어머니의 쇼핑백

새색시 시절
처음 어머님과 간 쇼핑,

지하상가 조명 아래
어머님은 당신 옷을 고르시고
나는 내 옷을 기웃거렸다

내 눈길 닿은 옷만
싸 달라 하신 어머님
사양했지만 쇼핑백은 이미
내 손에 들려 있었다

그날 밤 속마음 들킨 것 같아
뒤척이며 잠을 이루지 못했다

35년이 흘러
새 옷 한 벌 골라드렸다
"비슷한 게 있다" 하시며

한사코 물리신다
결국 외투만
받아 드신 어머니,
그날을 떠올리며
철없던 며느리의 마음이
늦게나마 따뜻해졌다

하루치의 무게

심장에서 퍼 올린 뜨거움이
발끝으로 흘러내려
끝끝내 다다르며 돌아
손끝과 발끝에 온기를 전하는 일은
점점 힘겹다
싸늘한 발
세월과 육체의 나이는
맞물려 깊어가고
발끝에 전해지는
미열 같은 온기는
금세 식어버린다
나는 뜨거운 물 한 모금을 삼킨다
머그잔에 닿은 열기를
손으로 감싸 쥐며
전달되지 못한 열이
손끝을 지나
가슴에 고요히 머문다
밤이 되어

하루라는 긴 시간을 내려놓는다
하이힐 속에 갇혔던 발
공중을 버티던 발이
비로소 방바닥에 내려앉는다
하루치의 삶을 견뎌낸 발
맨발에 스미는 싸늘한 감각은
솜이불 속에서도
좀처럼 녹지 않는다

아버지의 초상

삶의 비늘 같은
오 남매의
빤한 눈빛에 떠밀려,
커다란 키
숱 많던 머리카락
길고 가느다란 손가락을 가진 아버지

정미소 기계음 사이로
등겨 가루 고단히 흩날리면,
속눈썹 위에도
하얗게 내려앉는다

어깨에 짊어진 가마니 속엔
김 오르는 흰쌀밥의 약속 있었고

젊었던 아버지는
등껍질을 안고
쭈그리고 계셨다

눈물

안으로 닫힌
빗장을 열면
봇물처럼 터져 나오는
한 줄기 폭포수

창을 열면
쏟아지는 별빛 같은
청아함이
어두운 마음을
말갛게 비워낸다

육신과 정신의
세상을 잇는
정직한 문을 향해
심장에서 쏟아낼 수 있는
가장 진솔한 외침이다

방랑 시인 김삿갓

─죽장에 삿갓쓰고
방라앙 사암 처~얼~리,

매끄럽게 넘어가지 않는 한 구절
카세트,
다시 듣기를 반복하며
당신이 부른 노래를 듣고 또
듣곤 하시던,
아버지는 어느 날부터
노래를 부르지도
텔레비전을 켜지도 않으셨다

어느 날은
나를 금옥*이라 부르시며
"그것도 모를 줄 아느냐."
노여워하시고,
또 다른 날은
스무 살 총각으로 돌아가

할머니 따라 밭일을 나가시던
아버지

'대한민국 헌병 김상준'

젊은 아버지는 거만한 표정으로
오랜 시간 안방 벽에 걸려 있었다

—죽장에 삿갓쓰고
방랑 삼천리
흰 구름 뜬 고개 넘어
가는 객이 누구냐
열 두 대문 문간방에
걸식을 하며
술 한 잔에
시 한 수로
떠나가는 김삿갓—

비로소 아버지는
방랑 시인 김삿갓이
되셨을까

*금옥 : 돌아가신 고모

정한재靜閑齋

‘아침고요수목원’ 풍경이
고요와 여유를 불러온다

천년향 나무 사이로 스며드는 햇살
모란과 작약이 속삭이듯 피어나는 곳,

그 숲길 위, 현판에 새겨진 ‘정한재’는
글자가 아닌 숲 한 자락의 다짐이었다

바람과 꽃, 계곡의 합창 속에서
나는 대청마루 끝에 걸터앉아
수목원의 일부가 되어본다

고요히 흐르는 숨결에
내 안의 시간도 기대어 흐른다
삶이란,
아침의 맑음을 오래 품는 일,
여기, ‘정한재’가 잠시 나를 쉬게 한다

계단을 오르며

간밤 취객의 배설물
고양이가 뜯다 남은 음식물
쓰레기봉투를 비추는 좁은 햇살에
젖은 날개가 마르고 있었다

—새가 되고 싶어요

다섯 살에 멈춘 딸의 성장을
스무 해 넘게 짊어지고
오르내린 계단, 또 계단
막대질하던 손을 호호 불 때
창밖 차양엔
회색 비둘기의 무른 똥이 떨어졌다

—역겹지만 고마워요, 일할 수 있어서

비 오는 날엔 달달한 커피를 마시고
왁자한 사람들 발소리가 두렵고

엘리베이터 갇힘이 무서워
쉼 없이 오르내린 일 층, 이 층, 삼 층, 사 층, 오 층, 육 층

은둔의 턱,
도약의 턱에 긁힌 저 시린 손
어디서 녹여내나
저 푸른 비상飛上
어느 창공에 묶어두나

겨울은 빠르게 깊어만 가는데

한 번의 가을을 더 만날 수 있을까

길어야 일 년이라 했다
낡은 문풍지처럼 잦게 흔들리던 날들
그마저 붙잡을 수 있는 시간은

보이지 않는 그림자
조용히 그녀 몸에 들었다
빛을 향해
두 눈을 열어 올려도
그녀와 함께했던
그 가을날의 산책과 햇살은
더는 이어질 수 없을 듯했다

그러나
작아진 날개의 떨림에도
그녀의 발자국, 햇살을 기억했고
두 눈엔
가을날 함께 걷던 산책길이
따뜻하게 되살아났다

겨울의 눈송이
봄의 꽃잎
여름의 바람
그리고 가을의 황금빛

살아내려는 사람
살아서 이어질 삶,
다시 따뜻한 손 잡을 수 있을까
기어이 따뜻한 손 내려놓을 수 있을까

기억을 만나다

뒤란 구석에
꽃 한 송이 피었다

습한 기억
마른 체념에
떠나지 못한 미련들
응어리져 싹을 틔웠나

쓰다만 일기
덮어둔 사진첩
먼지 쌓인 지도책
버려둔 화분 속
오래된 기억에서

오늘
꽃 한 송이 피었다

초록 이슬

그리운 그대 품에
세상 시름 내려놓고

들꽃 한 송이
가만히
내 안에 들여놓고

작은 소망 깃든
사랑 노래
나직이 부르고 싶다

아까시 꽃향에
실려온 그대 향기
내 마음
초록으로 물들게 하고

초록 이슬
내 눈에 담겨
눈을 뜰 수 없게 하네

회상

어제인 듯한
시간은 흘러,
포플러 손가락 움트던
어린아이가 있었네

신작로 건너
비 오는 날
마른 개울 물꼬 터지면,
꽃잎 따다 띄우던
어린아이가 있었네

봉숭아 꽃물
오선지에 그려내던
어린아이가

옥수수밭 지나
언덕배기
까치발 딛고 올려다본 그곳

꿈이 익어가던
유치원의 풍금 소리,

지금은 어른이 된
그 아이가 거기 있었네

소통의 부재

바람 속에서
길어 올린 문장들은
가슴에 꽃을 달고
세상 밖으로 나선다

복선을 감춘
이야기는 웃음꽃으로
피어나지만

문장 속에 숨겨둔
뉘앙스를 찾느라
새로운 단어들은
붉게 충혈 되어간다

소통을 위한 대화는
바람처럼 겉돌다,
질퍽한 진흙 속을 해매다
결론 없는 차를 탄다

마른 깃털을 털 듯
흩어진 대화의 꿈은

벽 속에 갇혀
메아리조차 잃어버린 채
한숨만 토해내고 있다

여름날의 하루

게으른 바람이 늘어져 누웠다

수위를 높여가며
목청 돋우는 매미처럼
태양은 정오를 향해
달아올랐다

포식자가 노리는 오후 2시
급체할 듯 집어삼킨 오후 3시
자동입출금기가 바쁜 오후 4시
내일의 상자가 덩달아 끌려 나온 오후 5시

아귀를 맞추어 놓은 오후
노을 위의 낮달처럼 걸려있다
다리를 꺾지 않은 하루가
깊은 밤이 되어도
쉬이
너그러워지지 않는다

달

베이고 나면
스스로 채워지고

사라졌다가는
홀연
저 홀로 익어온
한 알 과실

내 궁한
수십 년의 밤
낙과 없이 매달린
튼실한 과육

신의 음모,
저 무심한 달빛의 방관

제 **4** 부

잊히지 않는
풍경들

만항재

무거운 숲속에
근엄한 아침이 깨어나고
비를 맞던 청설모의
아침이 궁금하다

흙 속에서 피어난 별들

깊은 땅속에서
묵묵히 검은 숨을 삼키며
생명의 길을 열어준 이들이 있었네
그들의 손은 거칠고
얼굴엔 땀방울 마를 날 없었으나
걸음을 멈추지 않았네

오늘 우리가 서 있는 이 길 위엔
어둠 속에서
빛을 찾던 이들의 발자취 남아 있네
쇳소리와 함께 울리던 생명의 맥박은
이제 기억 속에 머물지만
우린 오래도록 간직하리라

그대들의 숭고한 희생,
피와 땀이 배어 있음을 알기에
한 줌 탄가루로 흩어지지 않게
우리 가슴속에 새기리라

지금 우리가 쉬고 있는 이 숨결은
그대들이 내어준 희생에서 비롯되었음을
잊지 않으리라

작은 숨조차 내쉴 수 없던 순간에도
희망의 불꽃을 놓지 않았던 그대들,
진폐로 꺼져간 생명이
다시 길을 밝히는 등불로 살아나리라
어둠 뚫고 솟은 별빛은
오늘도 우리의 가슴 위에서 길을 비추리라
그대들의 별빛은
시간 너머로 끝없이 흘러가리라

규폐 병동에서

쿨럭거리는 기침,
각혈에 묻어나는 검은 탄가루는
삶의 깊은 상처였다

소비조합 식량 속에
사촌들의 꿈은 부풀어가고,
흰자위만 유난히 하얀
큰아버지의 검은 얼굴은
막장 깊은 곳에서
꿈을 향해 자맥질하듯
숨 가빴다

길고 어두운 갱도 끝,
메아리로 번져오는 한숨 같은 희망은
느리게 시간을 되새김하며
손톱 밑을 새까맣게 물들였다

사촌들의 머리가

까맣게 여물어
각자의 삶을 향해
떠나갔을 때에도
큰아버지의 숨소리는
거칠기만 했다

고독한 막장에서
견뎌낸 희망의 검은 돌덩이는
세월의 강줄기를 따라
검은 개천으로 흘러가고
규폐 병동을 밝히던 불빛만이
서럽도록 푸르렀다

피지 못한 말, 봉정사에 머물다

돌계단 오르며
한 글자씩 삼킨 말들이 따라올랐다
입안에서 맴돌다 사라진 그 말들

언제부터인가
모르는 사이 잊고 살았다
말은 삼켜졌고, 마음은 눌려 있었다
속으로만 수천 번 되뇌던 그 말은
시간의 침묵 속에서 스스로를 지워 갔다

'쉿―'
영산암 앞 작은 팻말 하나
말하지 않아야 비로소 들리는 것들이
있다는 걸 그 순간 알았다

대웅전 앞 고요한 뜰,
바람 한 자락이 나를 쓰다듬을 때
오래된 느티나무 그늘 아래

가만히 떨리는 내 마음의 가지
피어나지 못한 말 하나
햇살을 받아 투명하게 흔들렸다
그늘 속에서도 여전히 살아 있는 듯

봉정사
천 년의 침묵이 말을 대신해 주는 곳
나는 그 앞에
피지 못한 말 하나를
기도처럼 조용히 올려두었다

더는 꺼내지 않아도 되는 말,
그래도 살아 있는 말 하나를
산바람에 맡긴 채 돌아섰다

하얀 새

그때 난 보았네
군중 속에서
하얗게 떨고 있던 너를

뿌리 드러낸 가슴에서
배어 나오는
핏빛 슬픔을

비에 젖은 날개
퍼덕이는
비련한 네 모습을
차마 외면할 수 없었네

아침이면
용기로 무장한 가슴
빛바래 퇴색되더라도

갑주甲紬*로 감싸며

너를 품으리라
우리 함께 지켜내리라

* 갑주 : 품질이 좋은 명주

추전杻田역에서

안개는 싸리비처럼 골짜기를 쓸고
나는 그 길을 거슬러 한 발 한 발 오른다

점포의 지붕들이 어깨를 맞대고 서서
희붐한 이정표 하나를 내민다
'대한민국에서 제일 높은 역 추전 해발 855미터'

추전杻田,
사립문이 삐걱 열리던 아침들,
싸리꽃 씨눈이 흩날려 선로에 박히던 여름
싸리 가지 엮어 만든 빗자루로
체념을 묶고, 먼 하루를 쓸어내던 사람들

기차도 낑낑대고
사람도 낑낑대며
올망졸망 하루들을 실어 나르다가
숨이 가빠오면 잠시 여기,
어깨 위의 짐을 내려놓고

다시 매무새를 고쳐 매는 곳
구름 속을 헤쳐가는 학들의 이동,
숫 새벽을 밀어 여는 천사들의 기지개
그 무념의 높이로 마음을 들어 올리면

싸리꽃 같은 안개가
오늘의 이유를 하얗게 새겨준다

수수깡 인형

바람은
허공 속을 사생아처럼 떠돌았다
수수깡 인형은
바람 소리 내며 철길 위를 서성였다
고단한 저녁엔
더러 별빛만이
간간이 마음에 들어오기도 했다

또다시,
봄이 오고

이른 새벽
봄비가 내렸다
어김없이 봄꽃들이
피고 지곤 하였지만
애써 꽃 이름을 기억하진 않았다

문득 새벽엔

풀잎에 맺힌 이슬을
응시하기도 했다
유성이 떨어진 자리 위로
순한 풀잎이 자라나고 있었다
기차는 산허리를 돌아오고 있다
기적소리도 없이

슬리퍼 소리의 오후

핫팩을 얹어 주는
부드러운 손길과
말끝에서 번지는
잔잔한 친절이
통증으로 얼룩진 마음을
조용히 풀어낸다

몸은 천천히 이완되고
환부는 아득한 기억처럼
아련해진다
슬리퍼 스치는 소리
잠결의 강을 건너
조용히 멀어진다

육쪽마늘

이 세상 어둔 곳으로 동안거에 들었네
내 몸 한쪽 묻어두고 겨울잠 자려 하네
수숫대 홑이불 삼아 굳게 견딘 한 계절

수런수런 바깥세상은 봄소식을 전해오고
맵도록 용쓰고 나니 쑥 올라온 마늘종
하지가 만든 한통속 완전체가 되었네

부유浮游

비는 점점 더 치밀해지고
나는 물 위에 떠 있다

비의 벽을 사이에 둔 채
꼼짝없이 갇히었다

발 시린 방황은
막다른 골목에서조차
길을 잃고

차가운 두 손엔
뜨거운 빗물만
그렁그렁하다

붉은 비는
점점 더 두터워지고
하늘과 땅의 경계가 없어지고
말라비틀어진

사랑의 주검 앞에

비는 끝없이 치밀해지고
내 영혼은 물 위에 떠 있다

매미의 죽음

이것도 한 생애라고
눈물겨운 삶이었다고
개미들 운구 행렬이
줄을 잇다

반짝이는 모래알처럼

홀연히 기차에 오른다

덜컹대는 것은 기차뿐이 아니다
바람에 흔들리는 것은 잎새뿐이 아니듯

잎보다 먼저 성급히 피어난 건
목련뿐이 아니다

때 이른 해변에 햇살이 내려앉아
갈매기 떼 춤추듯 꿈꾸는 일상

하루쯤 묵어가는 밤은
민박집에 두고
선창 가 주막에
시름을 풀어놓고

햇볕에 일광욕하는 모래알처럼
온종일 반짝이고 싶다

눈 내리는 밤

그립다 말 한 적 없고
보고픈 적 없었는데
시린 밤 흩뿌리며
도리질하는 눈발들

물풀의 서약

당신에게로 향한
은빛 물결 출렁이는 바다

그 안을 유영하는
물풀이 된다 해도

나 슬프지 않으리
파도에 푸른 몸 다 해진다 해도

사랑이 지나간 자리

눈물 흘린
말간 한숨이
세월을 훑고

상처가 지나간 자리엔
붉은 새살이
돋아날 터이다

기억의 현재성과 존재론적 성찰

정 연 수

(문학박사)

기억의 현재성과 존재론적 성찰

정 연 수
(문학박사)

I. 기억과 시간, 존재론적 성찰

한국 현대시에서 '기억'과 '시간'은 지속적으로 탐구되어온 핵심 모티프이다. 개인적 기억과 집단적 기억, 과거와 현재, 상실과 복원 사이의 변증법적 관계를 탐색하는 활동은 창작의 동인이기도 하다. 김채영 시인에게 있어 기억과 그리움은 단순히 과거로 되돌아가는 것이 아니라, 기억의 현재성을 통해 살아 있는 존재로 나타난다. 기억은 '과거의 잔존물'이 아니라, 현재의 삶을 의미화하는 '생성적 동력'으로 기능하는 것이다. "물을 찾아 사막을 건너는/목마른 그림자"(「해갈의 기억」)처럼, 기억에 천착하는 것은 현재적 실존의 근거를 확보하기 위한 것이기도 하다.

기억과 시간은 장소와 만나 구체화된다. 태백을 중심으로 하는 장소애(Topophilia)가 표출되는 것도 그 때문이다. "손끝으로 전해지는 시간의 무게"(「손등 위의 세월」)에서 드러나듯, 시인이 제시하는 시간은 선형적 흐름이 아닌 중층적이고 순환적인 구조를 갖는다. 시간은 신체적 흔적을 통해 현재화되며, 개인적 체험과 역사적 경험이 교직하는 복합적 시공간을 형성한다. "그리움은 은하의 끝에서 홀로 빛나는 미등"(「그리움은 홀로 빛나는 미등」)이라는 구절에서 드러나듯, 그리움은 존재의 본질을 사유하도록 이끈다. 결국 그리움은 부재를 현존으로 전환시키는 존재론적 메커니즘으로 기능하면서 장소로서의 '태백'이거나, 소외층으로서의 '광부'를 호명한다.

시에 나타난 다양한 기호들 '손, 계단, 별빛, 샘, 새, 사진첩, 갱도, 안개' 등의 문화적 의미는 개인적 체험과 만나면서 다양한 변주를 이룬다. 이 기호들은 기억과 시간 의식의 새로운 양상을 펼쳐나가는 매개체가 된다. 노동과 희생의 의미화 방식이라든가, 단시 구조를 통해 침묵과 언어의 변증법적 관계를 탐구하는 것은 시적 실험이기도 할 것이다. 디카시의 시도 역시 새로운 형식 시도일 것이다.

주름진 손등을 가만히 쓸어보며

낯선 이의 손금 안에

내가 걸어온 길 펼쳐진다

말보다 깊은 이야기

손끝으로 전해지는 시간의 무게

—「손등 위의 세월」 전문

타인 속에 각인된 자기 삶의 궤적을 발견하면서, 과거를 감각적으로 되짚는다. "낯선 이의 손금 안에/내가 걸어온 길"에서 보듯, 타자의 손등에 새겨진 주름은 곧 화자의 삶이다. '나'는 타자 없이는 존재할 수 없고, 타자 또한 '나' 없이 규정되지 않는다. '나와 타자'의 구별이 사라지고, 자아와 타자의 고정된 경계가 해체되는 포스트모더니즘 세계에서 관계는 상호 구성적이거나 유동적 존재로 나아간다. 끝 행의 "손끝으로 전해지는 시간의 무게"는 비가시적인 과거를 가시화하는 촉각적 장치이다. 이는 비언어적 전승과 세대 간 기억의 연속성에 주목하며, 시간은 단순히 흐르는 것이 아니라 피부에 각인되는 것임을 보여준다. 시간은 육체의 흔적을 통해 다시 회상되며, '손'이라는 매개체는 그 자체로 삶의 기록으로 남는다.

이러한 시간의 응시는 「기억을 만나다」에서도 이어진다. "쓰다만 일기/덮어둔 사진첩/먼지 쌓인 지도책" 같은 구체적 사물들은 잊힌 기억의 저장고로 기능하다가, "오늘/꽃 한 송이 피었다"는 문장에 이르러 현재성을 회복한다. 사물에 축적된 기억을 통해 사라졌던 감정이 꽃 한 송이로 시각화되는 과정은 기억이 생명성을 획득하는 일이기도 하다. "이 세상 어둔 곳으로 동안거에 들었네"(「육쪽마늘」)라고 고백하듯, 김채영 시인은 말해지지 않은 것, 지나간 것, 손 닿지 않는 대상들에 잔잔한 애정을 보낸다. '손등, 물결, 불빛, 발자국' 등을 통해 무형의 감정과 기억을 감각적으로 구체화하는 것 역시 존재를 확인하는 과정이기도 하다.

난간에 기대어
떠난 사람의 이름을 풀어놓자
저편 허공에서 일어선 기척
물무늬 하나가
물살 속에 스며들었다

(중략)

나는 흔들리는 물빛에
손끝을 적셨다가
파문 속으로

그 손을 다시 밀어 넣었다

저무는 입술로
봄을 불러본다

귀 기울이면
달빛 아래, 아직 사라지지 않은
그 이름이
물결처럼 되돌아온다

—「월영교의 밤」 부분

　떠난 이를 불러내거나 부재를 견디는 데 머물지 않고, 남겨진 세계에 여전히 존재하는 흔적에 눈길을 준다. 상실의 순간을 '기척'이라는 감각적 환영으로 재현하면서 상실 이후의 감각적 회복에 나설 수 있는 것도 현재성을 놓치지 않은 덕분이다. 물속에 스며드는 물무늬나 "파문 속으로/그 손을 다시 밀어 넣"는 장면은, 그리움의 감정이 감각적으로 되살아나는 과정이다. 사랑 혹은 존재의 부재가 '기억'과 '자연' 속에서 조응하면서 생명 혹은 존재를 획득한다. "난간에 기대어/떠난 사람의 이름을 풀어놓자/저편 허공에서 일어선 기척"이라거나, "아직 사라지지 않은/그 이름이/물결처럼 되돌아온다" 등의 구절에서 확인되듯 부재의 존재가 자연의 질서 속에서 회복력을 발휘한다.
이러한 시선은 「그리움은 홀로 빛나는 미등」에서도 확인된다.

> 노을 타서 마시던 술잔에 이윽고 밤이 그득하다
> 구름으로는 가릴 수 없는 푸른 달빛
> 그리움은 은하의 끝에서 홀로 빛나는 미등
> 그 빛은 어둠 위에 놓인, 사라지지 않는 나의 이정표
> 내일은 하늘 가장 가까운 고원에서
> 가장 늦게 사라지는 별을 보리
>
> ―「그리움은 홀로 빛나는 미등」 전문

그리움은 단순한 감정이 아니라, 존재를 확인하는 등불이다.
'미등'은 어두운 밤을 밝히며 길을 안내하는 존재로, 그리움의
본질을 상징한다. 부재가 빚은 그리움을 통해 오히려 역설적으
로 존재를 확인하는 계기가 된다. 그런 점에서 그리움은 단지
과거의 회고가 아니라 미래의 방향을 제시하는 내면의 이정표
이자, 현재를 살아내게 하는 실존으로 기능한다.

"그리움은 은하의 끝에서 홀로 빛나는 미등"에서 '그리움'
은 감정의 차원을 넘어 존재론적 징후로 격상한다. '미등'은
어둠 속에서도 사라지지 않는 빛으로, 자아의 내부가 아닌 외

부로부터 오는 타자의 흔적을 상징한다. 이는 시적 자아가 어떤 다른 존재, 즉 타자에 의해 끊임없이 구성되고 인도된다는 의미이기도 하다. "어둠 위에 놓인, 사라지지 않는 나의 이정표"는 자아가 '외부의 신호-타자의 빛'을 통해 이루어진다는 것을 드러낸다. 이 빛은 단순한 회상의 잔광이 아니라, 자아가 타자를 향해 갖는 책임과 응답의 윤리적 상징이 된다. 따라서 시 속의 그리움은 자아가 어떤 결핍의 감정을 느끼는 상태라기보다는, 존재의 방향성과 타자와의 관계를 통해 재정립되는 자아의 좌표라 할 수 있다.

"은하의 끝", "홀로 빛나는 미등", "사라지지 않는 이정표" 등은 모두 자아가 중심이 되어 세상을 인식하는 근대적 주체 모델을 해체하고, 외부의 타자적 시선(빛, 시간, 공간)에 의해 자아가 구성되는 탈중심적 세계관을 구현한다. '그리움'이라는 정서가 단지 과거의 회상이나 감상적 유희에 머무르지 않고, '이정표'를 확인하는 현재적 실존으로 전환되는 것이다.

'쉿'—
영산암 앞 작은 팻말 하나
말하지 않아야 비로소 들리는 것들이
있다는 걸 그 순간 알았다
대웅전 앞 고요한 뜰,
바람 한 자락이 나를 쓰다듬을 때

오래된 느티나무 그늘 아래

가만히 떨리는 내 마음의 가지

피어나지 못한 말 하나

햇살을 받아 투명하게 흔들렸다

그늘 속에서도 여전히 살아 있는 듯

봉정사,

천 년의 침묵이 말을 대신해 주는 곳

나는 그 앞에

피지 못한 말 하나를

기도처럼 조용히 올려두었다

더는 꺼내지 않아도 되는 말,

그래도 살아 있는 말 하나를

산바람에 맡긴 채 돌아섰다

—「피지 못한 말, 봉정사에 머물다」 부분

침묵을 통해 더 깊은 존재의 진실에 도달하는 과정을 보여준
다. 말의 부재에서 언어의 본질을 포착한 역설이다. "피지 못한
말 하나"는 억눌린 감정이자 말해지지 못한 서사이며, "햇살을
받아 투명하게 흔들"리는 장면은 그 억제된 감정의 미세한 표
출이다. "말하지 않아야 비로소 들리는 것들"을 깨닫는 성찰은
침묵의 윤리를 통해 내면의 화해를 유도한다. 봉정사는 공간

속에 시간이 응축된 장소이자, 내면적 정화의 장소로 작동한
다. "더는 꺼내지 않아도 되는 말"이라거나, "피지 못한 말 하
나를/기도처럼 조용히 올려두었다"는 구절은 고요 속에서 성
숙하고 완성되는 언어의 품격을 보여준다. '침묵' 속에 숨겨진
감정을 헤아리고, 말해지지 않은 것을 헤아리는 일은 말의 과
잉을 빚는 현대적 삶에 대한 경종이기도 하다.

　　'대한민국 헌병 김상준'

　　젊은 아버지는 거만한 표정으로
　　오랜 시간 안방 벽에 걸려 있었다

　　-죽장에 삿갓 쓰고
　　방랑 삼천리
　　흰 구름 뜬 고개 넘어
　　가는 객이 누구냐
　　열두 대문 문간방에
　　걸식을 하며
　　술 한 잔에
　　시 한 수로
　　떠나가는 김삿갓-

비로소 아버지는
방랑 시인 김삿갓이
되셨을까

— 「방랑 시인 김삿갓」 부분

　아버지는 표면적으로 "거만한 표정"의 "헌병 김상준"이지만, 방랑하는 김삿갓의 자유도 내면에 숨겼을 것이다. 아버지에 대비되는 김삿갓은 신분을 버리고 방랑하는 인물로, 권위를 거부하고 자유를 중시한다. "오랜 시간 안방 벽에 걸"린 아버지의 권위에서 인간적인 고뇌를 지닌 "방랑 시인 김삿갓"으로 전환하는 과정은 기억을 통한 애도의 작업이기도 하다.
　군사 집단의 질서를 유지하는 '헌병'을 체제 밖의 인물인 김삿갓으로 전환함으로써, 권위의 상대성과 정체성의 다층성을 드러낸다. "죽장에 삿갓", "방랑 삼천리", "걸식", '술과 시'의 김삿갓에 투영된 '헌병 아버지'는 군사적·권위적 시대를 비판적으로 성찰한 셈이다.

살아남으려
발끝으로 나를 부르던 작은 발자국
나는 기다릴 줄 아는 사람이 되었지

안는 것보다 먼저 배운
기다림의 시간

그해 봄,
너는 갇힌 투명 속에서 바깥의 빛을 꿈꾸었고
나는 너를 놓아주는 법을
조금씩 배워갔지

햇살 아래,
너와 나는 각자의 그늘을 가졌고
그 거리 속에서도
서로의 온기를 잃지 않았지

언젠가부터 너는
내 뒤를 따르던 걸음에서
먼저 길을 여는 발자국이 되었고
나는
네 눈빛에 머무는 법을 배웠지

그해 봄, 우리는
함께 자라났지
사랑은 때때로
움켜쥐는 것이 아니라
나란히 걷는 것이라는 걸

너는 내게 가르쳐 주었지

—「그해 봄, 우리는」 부분

타자와의 관계를 통해 함께 성장하는 삶을 제시하는 작품이
다. "안는 것보다 먼저 배운/기다림", "서로의 온기를 잃지 않
았지" 등의 구절은 관계의 윤리가 동반성에 있다는 것을 보여
준다. '기다림, 놓아줌, 따름'은 사랑을 실현하는 어휘이며, 이
를 통해 성숙한 존재로 나아간다. "네 눈빛에 머무는 법" 혹은
"움켜쥐는 것이 아니라/나란히 걷는 것"이 사랑이란 것을 깨
닫기까지의 세월 사이사이에는 아픔이 배어있다. 가슴 아린 이
야기를 담담하게 풀어내는 힘 역시 시적 승화의 단면이기도 하
다. 김채영 시인은 다른 시에서도 "절망이 강물보다/훨씬 푸르
다"(「열아홉 살에」)는 역설을 증언하며, 고통마저 존재의 층위
로 받아들이는 성숙한 의식을 드러낸 바 있다.

-새가 되고 싶어요-

다섯 살에 멈춘 딸의 성장을
스무 해 넘게 짊어지고
오르내린 계단, 또 계단

막대질하던 손을 호호 불 때
창밖 차양엔
회색 비둘기의 무른 똥이 떨어졌다

-역겹지만 고마워요, 일할 수 있어서-

비 오는 날엔 달달한 커피를 마시고
왁자한 사람들 발소리가 두렵고
엘리베이터 갇힘이 무서워
쉼 없이 오르내린 일 층, 이 층, 삼 층, 사 층, 오 층, 육 층

은둔의 턱,
도약의 턱에 긁힌 저 시린 손
어디서 녹여내나
저 푸른 비상
어느 창공에 묶어두나

—「계단을 오르며」 부분

　　아이를 돌보며 계단을 오르내리는 일상의 반복은 존재의 무게, 사회적 고립을 드러내는 장면이다. "다섯 살에 멈춘 딸의 성장"은 화자가 짊어진 양육의 무게를 가중시킨다. 일상적인 계단마저도 넘기 힘든 장벽은 "도약의 턱에 긁힌 저 시린 손"을

127

통해 적나라하게 드러난다. 이어지는 "푸른 비상/어느 창공에 묶어두나"라는 자문은 한계 상황 속의 존재론적 질문이기도 하다. "은둔의 턱/도약의 턱"의 대비는 절망과 희망, 생존과 인간 존엄 사이의 간극이기도 하다. 딸은 계단을 뛰어넘는 '새'를 꿈꾸거나, 푸른 비상을 기다리는 존재로 형상화된다. '새'는 고단한 현실로부터의 도피이자 회복의 상징성을 지닌다. 「하얀 새」에서도 "군중 속에서/하얗게 떨고 있던 너"는 연약하지만, 비상하려는 존재로 나타낸 바 있다. '새-되기'는 연민과 고통 속에서도 인간 존엄을 회복하고자 하는 의지의 표현이라 하겠다.

2. 시간을 뚫고 나온 태백의 빛

문학은 특정 장소를 발화의 출발점이자 정서적 귀소처로 삼아 왔다. 김채영 시인이 선택한 장소 '태백'은 단순한 지명이 아니라, 산업화가 남긴 상흔과 고통스러운 삶의 기억이 응축된 땅이다. 한때 "검은 보석이 흐르던 땅"(「맑고 고운 계산을 깨우고」)은 산업의 심장이자 수많은 광부의 희생이 켜켜이 쌓인 장소였다. 또한, 동시에 국토의 물줄기가 시작되는 '샘의 땅'으로서 생명의 상징적 공간이기도 하다. "천년의 시간을 뚫고 나와/처음이 되는 곳, 다시 태어나는 곳"(「시간의 샘, 검룡소」)의 장소성에는 우리 시대를 살아낸 존재들의 기억과 감정, 그리고 시간이 섬세하게 기록되어 있다. '태백'은 단순한 배경이 아니라, 삶의 의미와 고통, 회복과 희망을 함께 품은 서사의 거점으로 기능한다.

'태백'은 시인의 내면 풍경을 형성하고, 역사적 기억을 소환하며, 공동체의 삶을 재구성하는 핵심 장소이다. 태백의 장소는 그 자체로 하나의 서사가 되어, 개인적 서정을 넘어선 역사의식과 사회적 접근을 가능하게 한다. 김채영 시인은 태백의 어둠과 빛, 상처와 치유, 기억과 망각이 교차하는 지형에서 개인적 체험과 집단적 기억을 직조한다. 검룡소의 맑은 샘물에서부터 규폐 병동의 검은 탄가루까지, 추전역의 고단한 일상에서부터 만항재의 "근엄한 아침"(「만항재」)에 이르기까지, 태백이 품은 다층적 의미를 포착하여 재구성한다. 탄광의 어둠을 통과한 생명의 회복, 공동체 기억의 복원에 나선다. 과거의 고통을 애도하는 데 머무르지 않고, 그 상처 속에서 피어나는 희망의 가능성에 더 주목한다.

지친 하루를 털고 검룡소로 가자
오래된 바람이 잠든 숲길 지나
깊고 푸른 눈, 가진 샘으로 가자
저기, 돌 틈에서 솟아오르는

물방울 한 점, 또 한 점

천년의 시간을 뚫고 나와

처음이 되는 곳, 다시 태어나는 곳

손을 담그면 맑은 물이

지나온 날들의 먼지 씻어주고

들숨 쉬면 바람 속에

아득한 옛 노래 번져오네

시간은 멈추지 않고 끝없이 흘러가리

우리의 하루도

우리의 생도

맑은 샘처럼 다시 시작되리

— 「시간의 샘, 검룡소」 전문

　　태백의 자연적 원형성과 정신적 회복의 성소로 기능하는 검룡소의 장소성이 선명하게 드러나는 작품이다. "지친 하루를 털고 검룡소로 가자"는 선언은 고단한 일상을 치유하는 장소로 기능할 수 있다는 선언인 셈이다. "천년의 시간을 뚫고 나와/처음이 되는 곳, 다시 태어나는 곳"은 검룡소가 단순한 발원지가 아니라 생명과 기억의 원천, 나아가 천년의 역사와 고통을 씻어내는 장소라는 점을 분명히 한 것이다. 아름다운 풍경으로서의 발원샘이 아니라, 시대의 무게를 견뎌온 생명의 장소

라고 재정의한 것이다. "물방울 한 점, 또 한 점"은 탄광촌 지
역이 견뎌온 고통의 세월 속에서도 천천히 솟아나는 회복의 가
능성에 대한 은유로 보아도 좋다.

안개는 싸리비처럼 골짜기를 쓸고/나는 그 길을 거슬러 한 발
한 발 오른다//점포의 지붕들이 어깨를 맞대고 서서/희붐한 이정
표 하나를 내민다/ '대한민국에서 제일 높은 역 추전 해발 855미
터' //추전,/사립문이 삐걱 열리던 아침들,/싸리꽃 씨눈이 흩날려
선로에 박히던 여름/싸리 가지 엮어 만든 빗자루로/체념을 묶고,
먼 하루를 쓸어내던 사람들,//기차도 낑낑대고/사람도 낑낑대며/
올망졸망 하루들을 실어 나르다가/숨이 가빠오면 잠시 여기,/어
깨 위의 짐을 내려놓고/다시 매무새를 고쳐 매는 곳

— 「추전역에서」 부분

지역의 장소성과 민중의 일상이 드러나는 작품이다. 한국에
서 가장 높은 "해발 855미터"의 기차역이라는 지리적 현상은,
인간 삶의 고단함과 하루하루를 견디는 존재들의 높이로 치환
된다. 싸리꽃, 빗자루 같은 소재는 자연의 순환성과 민중적 정
서를 아우르며, "어깨 위의 짐"이 상징하는 삶의 무게로 확장
된다. "기차도 낑낑대고/사람도 낑낑대며/올망졸망 하루들을

실어 나르”는 삶 속에는 일상의 고단함이 해발의 고도에 빗대
어 표출된다.

깊은 땅속에서/묵묵히 검은 숨을 삼키며/생명의 길을 열어준
이들이 있었네/그들의 손은 거칠고/얼굴엔 땀방울이 마를 날 없
었으나/걸음을 멈추지 않았네//오늘 우리가 서 있는 이 길 위엔/
어둠 속에서도 빛을 찾던 이들의 발자취가 남아 있네/쇳소리와
함께 울리던 생명의 맥박은/이제 기억 속에 머물지만/우린 오래도
록 간직하리라//그대들의 숭고한 희생,/피와 땀이 배어 있음을 알
기에/한 줌 탄가루로 흩어지지 않게/우리 가슴속에 새기리라/지
금 우리가 쉬고 있는 이 숨결은/그대들이 내어준 희생에서 비롯되
었음을/잊지 않으리라//작은 숨조차 내쉴 수 없던 순간에도/희망
의 불꽃을 놓지 않았던 그대들,/진폐로 꺼져간 생명이/다시 길을
밝히는 등불로 살아나리라/어둠을 뚫고 솟은 별빛은/오늘도 우
리의 가슴 위에서 길을 비추리라/그대들의 별빛은/시간 너머로 끝
없이 흘러가리라

—「흙 속에서 피어난 별들」 전문

쿨럭거리는 기침,/각혈에 묻어나는 검은 탄가루는/삶의 깊은
상처였다//소비조합 식량 속에/사촌들의 꿈은 부풀어가고/흰자
위만 유난히 하얀/큰아버지의 검은 얼굴은/막장 깊은 곳에서/꿈
을 향해 자맥질하듯/숨 가빴다//길고 어두운 갱도 끝,/메아리로

번져오는 한숨 같은 희망은/느리게 시간을 되새김하며/손톱 밑을
새까맣게 물들였다//사촌들의 머리가/까맣게 여물어/각자의 삶을
향해/떠나갔을 때에도/큰아버지의 숨소리는/거칠기만 했다//고
독한 막장에서/견뎌낸 희망의 검은 돌덩이는/세월의 강줄기를 따
라/검은 개천으로 흘러가고/규폐 병동을 밝히던 불빛만이/서럽도
록 푸르렀다

―「규폐 병동에서」 전문

두 작품 모두 광부들의 희생과 탄광이라는 역사적 공간의
무게를 직시하고 있다. 산업화 시대의 그림자에 묻힌 생명들을
별빛으로 소환하여, '존엄한 희생'과 '기억의 의무'를 강조한
다. 광부들의 죽음을 "별빛"으로 환원시키는 행위는 헌사 과정
이기도 하다. 광부들의 고통 서사를 직접 다루면서 지역의 현실
을 함께 드러냈다는 점에서 기록적 가치가 있는 작품이다.

「흙 속에서 피어난 별들」에서 "묵묵히 검은 숨을 삼키며/생
명의 길을 열어준 이들"은 탄광이라는 땅속 세계에서 죽음을
각오하고 살아낸 이들이다. 광부들의 삶은 '별빛'으로 승화되
는데, 이는 단순한 애도를 넘어선다. "오늘도 우리의 가슴 위
에서 길을 비추리라"는 선언은 시인의 윤리적 태도이자, 잊혀진
노동의 노고에 대한 대사회적 메시지이기도 하다. "진폐로 꺼져
간 생명이/다시 길을 밝히는 등불"로 형상화되는 과정은 광부

의 희생에 대한 존재론적 성찰이자, 사회적 기억을 재생하는 과
정이다.

「규폐 병동에서」는 "큰아버지의 검은 얼굴"이라는 가족의 시
선에서 탄광 노동의 고통을 가까이에서 대면한다. "각혈에 묻
어나는 검은 탄가루"는 비유가 아닌 현실 속 절절한 상처이며,
"고독한 막장에서/견뎌낸 희망의 검은 돌덩이"는 한 개인이 감
내한 삶의 총체로 형상화된다. "규폐 병동을 밝히던 불빛만이/
서럽도록 푸르렀다"는 결말은 서정적이면서도 광부의 서러운
생애를 더욱 선명하게 부각시킨다.

태백에 눈이 내리지 않는다면
겨울은 어디에 몸을 누일까
한강의 첫 물길도
낙동강의 숨결도
눈송이의 기원을 잃은 채
메마른 돌비늘을 더듬을 것이다

— 「태백에 눈이 내리지 않는다면」 부분

"한강의 첫 물길도/낙동강의 숨결도"라는 구절이 상징하듯,
검룡소가 한강의 발원지였다면, 황지연못은 낙동강의 발원지이

다. 시인은 태백의 장소성에서 '생명의 기점'을 주목한다. "눈송이의 기원"을 통해 '생명의 샘'에 대한 의미를 확장한다. 탄광에서부터 발원지에 이르기까지 태백의 장소들을 호명하는 작업은 생명의 재생으로 나아가는 실존의 문제와 존재의 근원을 함께 탐색한다. "까치발 집 다리 아래//강물이 흐르"는 철암 지역을 다룬 「시간이 멈춘 마을」에선 폐허가 아니라 "또//한 생이//새로이 시작될 것"이라는 희망을 품는다.

김채영 시인의 시들은 격정을 삼키며 고요히 흐른다. "피지 못한 말"(「피지 못한 말, 봉정사에 머물다」), "검은 돌덩이"(「규폐 병동에서」), "꽃 한 송이"(「기억을 만나다」), "눈송이"(「한 번의 가을을 더 만날 수 있을까」) 같이 작고 사소한 이미지 속에서, 거대한 생의 비극과 존엄을 품어낸다. '미등' 역시 그런 상징적 존재일 터, 김채영 시인의 시에 스며든 정서는 잔잔하고 섬세하지만, 시간의 무게가 빚은 삶은 웅숭깊은 울림을 준다.